U0458904

HENRI MICHAUX

转角柱

Poteaux d'angle

〔法〕亨利·米肖 　　　　　　　　　著

陈 剑 　　　　　　　　　译

人民文学出版社
PEOPLE'S LITERATURE PUBLISHING HOUSE

著作权合同登记号　图字 01-2020-5215

图书在版编目(CIP)数据

转角柱/(法)亨利・米肖著；陈剑译.
—北京：人民文学出版社，2021(2025.1重印)
(巴别塔诗典)
ISBN 978-7-02-016667-1

Ⅰ.①转…　Ⅱ.①亨…②陈…　Ⅲ.①诗集-法国-
现代　Ⅳ.①I565.25

中国版本图书馆 CIP 数据核字(2020)第 196261 号

责任编辑　朱卫净　何炜宏
装帧设计　李苗苗

出版发行　人民文学出版社
社　　址　北京市朝内大街 166 号
邮　　编　100705

印　　刷　凸版艺彩(东莞)印刷有限公司
经　　销　全国新华书店等

字　　数　40 千字
开　　本　889 毫米×1194 毫米　1/32
印　　张　2.75
插　　页　5
版　　次　2021 年 10 月北京第 1 版
印　　次　2025 年 1 月第 2 次印刷

书　　号　978-7-02-016667-1
定　　价　49.00 元

如有印装质量问题，请与本社图书销售中心调换。电话：010－65233595

转角柱

你要准备的战斗没有肉身的参与，因为你将面对的，是抽象之战，与其他战斗相反，它通过幻想习得。

不知取舍，就不要学习。

一生的时间都不够用来破除你的所学，天真、顺从，你任由它们进驻头脑——无知无觉！——却没考虑过后果。

对自己的缺点，别着急。别轻易就改掉它们。

否则，你拿什么来替代？

保持你的坏记性。坏有坏的好处，或许。

原样保持你的软弱。别试图获取力量，尤其是那些不属于你的力量，它们不是为你准备的，上天让你免于此累，让你有暇顾及其他。

人不是通过赏月登上月球的。否则，几千年前我们就在那儿了。

理解羊的狼迷失了，在饿死之前，它既没弄懂羊，也误解了狼……和几乎所有关于存在的谜题。

S 在你眼里是个蠢货。当心。

愚蠢，"供参照"。太叫人满意了。恰是多亏了你的愚蠢，对方的愚蠢在你眼里才如此满溢。

但是浅薄。它没有别的，它就是你的实质。

你让别人在你的思想里逛荡、布置、涂涂抹抹，你却还想要做自己！

不，不，别获取。游历四方，掏空自己。

这才是你需要的。

想想前人。他们浑浊了他们理解过的一切。

任何思想，不消多时，都会停滞。想想怎么逃脱；先逃脱他们的思想死胡同，再逃脱你的思想死胡同。

有所作为。但别太多。只要这些作为足够让你换来清静，让你能够做着梦，只为你自己，很快地回返到无需作为、无可作为、无心作为的状态中去。

将你的错误进行到底。至少要错透几个，以便好好观察其类型。否则，停在半途，你将永远盲目地重复同类的错误，贯穿你的整个人生，有些人会称其为：你的"命运"。敌人，即你自身的结构，你要逼它暴露。你若不能扭转自己的命运，就永远只是一间被租用的公寓。

　　未曾被讨厌过的人，身上永远都缺少某种东西，这种缺陷在教士、牧师这类人身上颇为常见，他们让人联想到小牛犊。缺乏抗体。

　　缺少阳光，那就在冰中成熟。

　　一旦你开辟出一条路，当心，你将很难再返回无垠之地。

　　鳄鱼宝宝一出壳就会咬人。虎宝宝不一样，它渴求母乳，贪恋温暖亲昵的身体，它首先要爱，要被爱。可供吮吸的乳房，是哺乳动物最初的纯真。要到迟些时候，才会兽性毕露。而此时此刻，一切都那么温柔。如果一只虎崽像羊羔，那可得当心了。好在，它是一只不折不扣的小老虎。它自信满满，敢在利爪之下揉擦自己的毛皮，东咬咬，西扯扯，调皮捣蛋。它无所忌惮。

　　玩得够久了吧。虎妈妈推开它。现在，她要去饮水了。

　　看着她向水源走去，人们会觉得一切是那么合情合理，换成母牛、母鹿，换成任何一种食草动物，都不能有这份自然。她的步态庄严，仿佛朝圣一般，笃定地向木桶靠近。干渴的火焰令水变得神圣。一头母牛，同样快要渴死，却不可能令饮水显得伟大，显得隆重。它不在那样的名册上。它永远不过是作为一头母牛走向水。

而母虎，只要是她所做的，无论是什么，都举足轻重。与其说是王后，不如说是国王，一位大权在握的国王，恐怕还是一位"强硬派"的国王。

然而在笼中，一切都极度匮乏，桶里的水来自一个生了锈的破水龙头。

但老虎是超越匮乏的。

匮乏的，是你，捉襟见肘却咄咄逼人，一个假装胆大的可怜虫。

在一个没有水的国度，以何解渴？

以骄傲。

如果人民做得到。

在某些事情上，哪怕是一颗反叛的头脑，也会为了避免麻烦，而做出隐秘的、明哲的看齐，它们无伤大雅，且让人放心。

找一找吧，至少揪出几次这样的看齐：在内心深处，它们并未真正使你获得安宁。

无论经历什么，都永远别让自己——大错特错地——以大师自居，传道解惑。你还有很多事要去做，太多了，几乎全都还没有做。死亡来临时，果实还青涩。

深井底的滑冰者。

……他们的愚蠢，在于聪明得过早。而你，别急着去适应。

永远有所保留，保留那份不适应。

人群，你从未进入过。你也从未真正地观察过他们，从未发自内心地喜欢或讨厌过他们。你只是翻阅他们。所以，接受吧，你也是这样被他们翻阅，你也不过是纸，是几页纸而已。

有新的障碍，才有新的认知。务必定期给自己制造一些障碍，为了克服这些障碍，你不得不找到破解之道……和新的智慧。

每当一个时代来临，替补的愚蠢也会如期登场。它从不缺席，而且总能和新时代完美匹配。不消多时你就能与它相认。

切记。

获取之人，在每一次获取的同时，都在失去。

注意了！在适当的楼层就要行使拒绝的权利，否则；啊，否则……

从额头去北极。只从额头。

保留必要的外质，充作"他们"的同代人。

聪明人把自己的愤怒改头换面，以至于没有人会看出来。可他，既然是聪明人，有时还是……认得它。

得了吧，谦恭虚己哪有多大压力，恐怕是你太自命不凡，压力才从未减轻。

人生啊，你越利用，就越飞逝，越离你远去，只有对于那些懂得闲荡，懂得放空的人而言，生命才是漫长的。在临终之际，那些行动的人、劳作的人终于发现——却已然太迟——生命本应有的长度，他们原本也可以领略那样的长度，倘若他们能早点知道节制，而不是马不停蹄地介入其中。

犁铧不是为了妥协而存在。

会休息的人，枕一根绳子就能睡着。需要床的哲学家，真该好好学一学。

你浪费它，也任由它被浪费，它使你困扰，令你担忧，亦让你挫败，它从不消停，它是能量，正是能量。你要拿它怎么办？

他屈膝困难，步子也迈不大，但这个从未成为门徒的人，却更能接收到任何一束光。

别让任何人选择你的替罪羊。这是你自己的事。如果它正好和另一个人、另外十几个甚至更多人的替罪羊一样，那就换掉它。它不是你的那一个。

当你终于摧毁了你想摧毁的东西时，摧毁的究竟是什么呢？是你认知的蔽障。

　　如果痛苦会释放出可被直接利用的巨大能量，哪个专家会犹豫是否应该下令截获它，并为此建造出相应的设施？

　　用"进步、提升、集体需要"这样的字眼，他会堵住那些痛苦者的嘴，接受那些执意推进的人对他的赞赏。你大可拭目以待。

　　对科学家来说，只有当他的感觉可以在蚯蚓、姬蜂以及老鼠身上得到验证的时候，他才能进一步确信自己的感觉。

　　而你，别等待这样的许可。

　　信任你的感受，哪怕只有你一个人感受到它。

　　扩大会很早到来，缩减亦是如此。

在一个高度文明的社会里，残忍、仇恨和统治若还想继续存在，就不得不启动拟态功能，把自己伪装起来。

伪装成对手的模样是最常用的方式。正是通过这种方式，通过始终都假他者之名发言，恶得以更有力地挫败善，打压它，钳制它。你恐怕得准备好从这一面与之遭逢。

在你思想的房间里，你以为会有仆人来服务你，但恐怕是你自己一步步变成仆人。服务何人？服务何事？

那么，想一想。想一想。

如果飞碟存在的话，就能让一些依旧为它痴迷的人彻底摒弃这样一个日渐式微的迷思：科学本毋需出现，它只是地球上的某些人自娱自乐，误入歧途。

思想成型前，必经一段苦旅。

不要耻于从那些不舒服、不体面、看上去不适合你的场所经过。为了保持"高贵"而避开它们的人，将永远徘徊在一知半解的路上。

伸手去抓的时候，你必然会抓到一些额外的东西。这个多出的部分，你未曾觉察，也并不了解，而且直到很久以后，可能整个时代都过去了，翻篇了，你对它还是一无所知，或几乎一无所知。那时就太迟了。是的，太迟了。

你大可放心。你的心中还留有一片澄澈。仅凭此生你还不足以将它彻底污染。

游蛇缠绕一只老鼠，不是为了玩耍。是为了——在摄食之后——满足机体对脂肪、蛋白质、矿物盐等成分的需求。也许，也许。但游蛇给予自己的满足，肯定更美妙，更动人，更庄重，更刺激，更有仪式感，或许也更神圣，当然也更"游蛇"。

石头生而没有呼吸。它不需要。与它息息相关的，乃是地球引力。

而你，会与你息息相关的，则是"他者"，大量的他者。因此，你要对世间同伴区别以待，对岩石用一种方式，对树木、花草、昆虫、微生物用另一种方式，而对动物和人类，还得再换一种方式。永远不要将它们混为一谈，尤其对那些拥有语言能力的造物。他们使用语言，似乎只是为了让自己能够融入更大的人群，置身其中，以为自己能够理解他人，能够被他人理解，哪怕能被理解的部分微乎其微，而不被理解的部分无边无际，他们依然感到舒服、喜悦、充盈。

愚钝如油罐，就别交往羽毛心。

你对自己是有传染性的，记着这一点。
不要让"你"侵蚀你。

必要之事：拥有空间。没有空间，就不会有善
意。不会有宽容，不会有……也不会有……
当空间缺乏，唯一的感受，目见耳闻，燃烧的怒
火，找不到出口。
有更多的空间，你才能有更多的感受，更多样的
感受。为何不给自己这样的机会？

准备好了吗？你要怎么抵抗这蠢动的膨胀？

如果城市中的普遍焦虑，能化作弹珠发射出去，在街道上滚动，在犄角旮旯里堆积，在大厦的楼梯间滚落，发出单调而铿锵的声响，会不会更健康，更真实，更合适？可能一些问题也会随之而来。但解决问题，不正是人类的头脑该做的事？

在场所显现的背面，在无主领地的中心，在光阴的沿岸，在空间与时间无尽延伸的边缘，抓住——里面，抓住——外面，抓住——傻瓜，说吧，你在干什么？

你是什么，一颗宝石里的暗夜？

永恒的饥渴，是你容身的大陆。至少别人无法再夺走它，当你已一无所有。

警惕"多"的同时，切记警惕它的反面，它过于简单的反面："一"。统一总是给人满足感。这样的满足让人不惜一切代价，任由无限的错误遍地丛生，并被全盘接受……只为接下来可能持续数百年的相安无事，哪怕荒谬，哪怕缺陷明显。

人啊，与男人，与女人的关系，是出于方便，你与此或与彼相契。哪怕作为敌手。可是不要忘记，你是向着世界，向着整个世界而生，你应该向着它的辽阔而生。

你宽广、坚硬、冷漠，像这无垠宇宙。

就算你是一个注定要失败的人，也请不要随随便便失败。

你从湖中来，你回湖中去，你蒙着黑色的布条，却始终认为自己看得清清楚楚！

如果你明明心思复杂、面目多重又游移不定，却还装作单纯，你就是在撒谎，在作弊。

你是那样的人。至少偶尔真诚一回吧，别把自己藏在时代的大流里，或者躲在某个以友爱、天真或希望之名集结的团体里。

协调你的腐坏，但别在开头，不要过早，也永远不要彻底。

守护天使平淡乏味，令你不得不去寻找恶魔，寻找那个只属于你的撒旦。你挑选好了吗？既为路西法，定然是不折不扣的恶魔（这就是它的标志），绝不会特意去适应你孱弱的灵魂。警惕吧。它们将难解难分，你明白吗？

成年后，你展露自己最初的壳，常常回来环绕着你，令你喜忧参半的那层壳。

很好。并不是每个人都能做得到。现在，不妨找出其他的壳，以便接下来能甩掉它们，腾出空间。还有太多东西等待你去探索。

但是，不要成为一个"变戏法的人"。在面对所有人之前，你始终应该先向你自己，展露那层看不见的壳；对你来说，这至关重要。

一个空间，"他们"……和"她们"永远都不会去，只有你才能定期回返，长久独享。这是你的空间，千金不换的空间，哪怕词语、图画、音乐、社交，都无法取代它的存在。它是"你的"，仅限于"你"，却又无边无际，它是你的自留地。

别把自己裹得密不透风。在挥泪时大笑；在大笑中挥泪。

什么样的人可以被称为完美的弑父者？

别寄望于这个或者那个大名鼎鼎的体系缔造者，太多人将其奉若救星。人们太喜欢被牵着鼻子走。他们对此翘首以盼。新的奴隶制，给这些不可救药的徒子徒孙。

N，有人要刺杀他。

银光闪闪的长刀，正向他迎面劈来。

尖叫的时刻已经来到，并且不会重来。要快。但因为要快，快得超出寻常，超出认知，在他迄今为止的人生里，还从未有过这样奇特的遭遇，N根本无法动弹喉咙深处的声带，或者说，他根本就找不到它。他沉浸在此时此刻无可比拟的感受里。他无法再感受到其他的时刻。而杀手，毫不迟疑地利用了这个时机。

速度对于这些人来说，就是性命。

N死了，死于不合时宜的沉思。

　　要是我们能知道他人感受的基石，那么与他们的相处就会轻松许多。他们总是更愿意待在自身的某块地方，并不占据整个身体，而是固守着某些特定的位置和姿势。

　　但即使是他们——即使他们（盲目地）使用着它——也并不知道自己的中心在哪里，这个模糊的基石一直在变化着，有它自己的习惯、周期和例外，就像人一样。而他们就躲避在那里。他们从那里再度出发，辐射开去。这个变幻莫测的中心，悄无声息地改变着位置，在微尘聚散的虚静之中，呼应着那些无穷变幻的聚点。这个混沌却强大的区域，为每一个人所独有，以至于另一个人永远都无法了解，甚至无法揣度，更别说感受到它。这是绝对私人的领地。

　　啊！要是我们可以找到它！面对那些捉摸不透的人，就会是另一番光景了。给他们建议不再是徒劳的努力。会有这么一天吗？再不是将瓶子扔向大海。

马蹄越疾，沙尘越烈。

有些人需要在微末中找到存在感。另一些人则寄望于伟大。有些人需要你，来实现转化。

风格，带来自我确立和确立世界的便利，"风格即人"，果真如此吗？为这个可疑的收获沾沾自喜的作家，值得称道吗？他的所谓才华会黏住他，默默地僵化他。风格：（不幸地）意味着不变的距离（而它本可以也应该改变），让他错误地停留在原地，保持着与生命、与事物、与他人的距离。他被困住了！他一头扎进自己的风格里（或是苦心孤诣才找到了它）。为了这造作的生命，他放弃他的全部，放弃改变的可能、突破的可能。没什么可骄傲的。风格，会成为勇气的缺失，开放性与再开放性的匮乏：总之，成为一种残疾。

努力走出它。尽可能走得足够远，远到你的风格不再追得上你。

在平原的国度，做山地的买卖。这是法则。

马蜂的村庄。你还去过别的村庄吗？没有的话，你会习惯的。

如果一只癞蛤蟆能说意大利语，那么久而久之……它何尝不会说起法语来？

那时候，我们身处蚁群，伸展触须，微微颤动，我还记得，那是在人类家族之前，在青青的草茎之下，在熟落的谷粒之间。没有什么需要思考。大地湿润，泥土芬芳。而未来一片模糊，无从想象。

屋外是聚会，四方来客，笑语欢歌。

聚会！

屋内，音乐却关闭了。

长久以来，有个人莫可名状地渴望耕作。用一把最简单、最粗砺、最原始的犁。我猜想，是因为在土地上留下的痕迹，能比其他任何地方都保持得更好，赏心悦目的犁沟，能对话人类的灵魂。

而从前，当他周游四方，他觉得自己是个流浪汉，从不曾这样安营扎寨。

换几个社会，换几个环境，换几个时代，你会不会还是一个失败者？

问问你自己。

这问题令人恐惧，但能治好很多自我感觉莫名良好的患者。

_30

至于部落，更别提了。那里可没有"网开一面"这回事。你连性命都难保。

寻找一束光，守住一缕烟。

即使你愚蠢地暴露了自己，也别紧张，他们根本没看见你。

懦夫，你有勇气，但在哪里才有？你不知道。
它存在，却陌生，你不知道怎么把它用起来。用心找一找吧，它就在那儿，因为你这个傻瓜的疏忽，因为你的不求甚解，因为你逃避新的开始，所以它一直沉睡着。去把它找出来。放弃它是极其愚蠢的，因为它已经在你的身上，等待着你。但是，别在它无影无踪的时候，在它从没奏效过的地方使用它；否则，你会后悔的。生死一线，这不是闹着玩的。

尽量不要"他们"的支援。一旦你开始呼救，你将会狼狈不堪，底气尽失，你也将不复存在。你沉没。

生在失败者济济一堂的时代，就好好享受它吧，只要你不觉得羞耻。他们在你身上彼此相认。这只是一个时代。

下一个时代，或者接踵而至的其他时代——我们从来不需要等待太久——都会是属于勇气的时代，需要的是勇敢，高于一切的勇敢，不折不扣的勇敢。以及冷血。到时哪里还有你的位置？你在那样的时代将毫无存在的意义，即便你万幸活到如此长命。谁还会为那些被推翻、被唾弃的人转身呢？

在马路上，在你的马路上，在你展现自我、放飞思想（思想：情绪的排放）的马路上，在马路上，走不出去，你以为自己是停止的，坐着，或者躺着，一动不动，你以为你在屋子里，在居所里而事实上你在马路上，从你发出新生儿第一声啼哭时就在马路上，你发现这个，发现那个，发现空气、国家、语言和人，你吸收一切，捣碎所有，你是无用的高手，目光远大，行动微小，你急于清理眼下，又胡乱设计明天，你以为自己停下了，歇着了，隐遁了，却又总是被推向前方，与**历史**一起，与他们的历史一起，你的马路与他们的马路相交，已经与无数条马路相交，你始终在你的马路上，啊，终于结束了：你的马路不再延伸。

说起"西方文明"，你认为它是"你的"文明。

如果只剩下你在地球上，而地球仍是一片处女地（甚至还有你的几个同类），你能用什么让它重新启动，用"你的"文明吗？

一个男人落水，下沉。水流卷之，翻之，覆之，挟之。他再也回不到水面。无孔不入的水，以不可逆转之势，急速封堵眼耳口鼻。肺部受阻，呼吸失效。仅仅一次不适时的吸气，就阻塞了一切。再也无法吸入新的空气。这是一堵生死之墙。几秒之差，时间就不在眼前，而在身后了。整个人生如走马灯（不对，那不过是些不值一提的社会新闻，曾经以为重要的鸡零狗碎，最后一次在眼前匆匆掠过）。

当呼吸无以为继，未来也将不复存在。水面上，人们沉浸在完好无损的"此刻"，舒舒服服（却不以为意）地享受着规律的呼吸与奢侈的未来，他们散着步，或心满意足，或眉头紧锁，做着肤浅而贪婪的美梦，全然不曾意识到自己正拥有着世上最不可或缺的东西。

　　认出某个人，并非容易事。认出自己的父亲、妻子、儿子或者朋友，都需要极其精密的对焦，以至于我们有时会疑惑，究竟是怎么做到如此频繁地操作无误，尤其是在早晨，从光怪陆离的漫长梦境中醒来的时刻。

　　当你在人生路上走到了某个点（比方说，上了年纪），或许你就会遭遇这种困难了。你会有这个机会的。别一股脑儿地抱怨这些所谓的麻烦和随之而来的一切，从而错过与之遭逢的这个时刻。

　　哦！如此轻易就能把最亲近的家人和身形相似的路人弄混！请你默默地、淡定地（如果可能的话）把这么有趣又合理的观察进行到底。无数专家会嫉妒你的，他们永远只能了解表面。千万别立刻就暴露了自己，如果你不希望有人不明就里却对你指指戳戳，恶言相加还以为句句在理。

　　危急时刻，玩笑处之。

若你身在某个场所，却以为在另一个场所，身在某一年却以为在另一年，别太担心，也别太当真。你既没有被车撞，也没有遭雷击。

你要去找到这种浸入感的开端，它像气味一样笼罩着你，不允许你当它不存在，也不允许你脱离它存在。

往回走。既然你无力摆脱幻念，那就用你还残存的、不会被打败的原始专注力，去寻找新场所闯入的那一刻，寻找突然超越此刻的那一刻（一刻钟或者一分钟或者半刻钟）。如果你找到它，你就得救了，你就能从你所陷入的幻境中解脱出来。

除此之外，很难再找到抽身的时机了，至少，也会比较狼狈。

你想知道什么是你的存在？放空。回到你的内心。你将独自学习对你而言最重要的东西，这门学问没有导师，一个五岁甚至四岁的小孩，当他需要的时候，哪怕在大人们的眼皮底下，也能自己学会并练习这种持久的、深度的分神。

一些不认识或者不熟悉的人不请自来，声称是你的朋友……喂！喂！注意保持警戒距离。为人处世最基本的常识，难道你还不如一只动物了解得多？

哲学家贾特①在文章里是这么说的："根据我们掌握的讯息，加上我们的思考，可以得出一个确凿的结论：世界上不存在黑人。不可能存在。这是对那些不卫生、体味重、或者邋里邋遢的人（也许是穷困潦倒所致）的辱骂，它渐渐被不加选择地扩散开来，让一些天真的人以为世界上真的存在黑人，存在黑人这个种族。其实，是对其他人群的傲慢态度与践踏欲望，使他们臆想出了这个从未见过的种族。你们和这个所谓的黑色人种并无区别，只不过他们处境更凄惨。是

————————

① 哲学家贾特（Djatt le philosophe）系作者虚构的人物。

那些恶毒蛮横之辈需要找到一个敌人来供自己鄙视，才用内心的敌意编造了这个谎言，所幸，这样的无稽之谈正在消失。"

贾特大师如是说。

让我们假定一个十五秒的时间段。并不算长。啊不，够长了。这是一个很合适的单位。使用这个短暂时间段的方式，足以让人与人千差万别，人生迥异。

爱幻想的天性，不单单是指一个人在人生的某个片段中表现得心不在焉，犹豫不决，幻想自己是一匹马或是……大元帅。不是的。在每一组十五秒甚至五六秒钟的时间里，真正的幻想家任思绪奔流，如乘桴浮海，随着潮起潮落，高低明灭，前往人迹罕至却吞引万物，看似虚无缥缈却不可绕过的所在。

天生的幻想家从不委身于现实——外在的、附属的、别人才要操心的现实——他只是漫不经心、不负责任地随手一取，旋即又抛弃它，遗忘它，或者任它徒劳地、面目全非地重新来过。

持续不断地放逐自己，穿梭于异常的路径，搁浅在暧昧的瞬间，幻想家的注意力自然滑不留手，直至偏离轨道。长此以往，后果严重。有人想以此为业。被侮辱的幻想，最终跌入预设的、线性的、文学的……想象，只得草草收场。

　　而你，你能做的，是永远都不要打断一个幻想家。否则，他怎么可能不恨你？

在一个躁动的时代，保持你的"行板"。在心中反复提醒自己："更多，更多的行板"，努力把自己带到你应该抵达的地方。否则，匆促之中，一切都浮于表面。人们为此刻愤怒，却无从摆脱，只是急忙地赶赴下一刻的愤怒。他们的声音也总是过分尖利。

这么说吧，最博学的人和最无知的人是一样的，二者都不知道自己无知在哪里，不知道这个基本的无知是如何（尽管偶尔偷闲）包裹着他们，维护着他们，支撑着他们。

在人的一生中，可吸纳的情感并不是无穷无尽的。很多人甚至很快就会用完他的份额。更严峻的是，你能感受到的情感扇面，也只是一个有限的开幅。冒着巨大的风险，凭借运气或是费尽心思，你才可能有那么几次机会，极为勉强地将它打开一小会儿。

然而天性的扇面是这样的：只要你没有持续地关注它，它很快就会不停收窄，直至完全关闭。

忠于你的不公正，你与生俱来的不公正，坚持越多个年头越好。不要迫于好心的意图和肤浅的建言，而放弃你的不公正，它对你而言不可或缺，它能让你免于肮脏的妥协。很多人正是在虚伪的、算计的公正中担惊受怕，所以过早地屈服。

切记，无论身在何处，认清你的坐标轴。然后再决定行动。

不要声张你的目标。哪怕你看见了它们，尤其当你已经看见，或自认为看见了它们。从一开始，就要克制！无论怎么受打击、被刁难、精疲力竭，你都要按时地（也时不时地）问自己："今天还有什么可以让我去冒险？"

　　别接受公共场域，不是因为公共，而是因为陌生。去找到你自己的场域，观察它们，但别暴露它们，而是由此去了解自己半遮半掩的真相——它们不可或缺——破烂的窗帘，未烬的错误，都在你的生命中占有一席之地，它们留存在那里，不是作为真相，而是作为稳定，某种滑稽可笑的稳定，像老电车留存在扩张的城市。勇敢地直视它们吧。

　　走下去，是的，走向你内心那个陈列着卑微需求的庞大货架。必须这么做。然后你可以，也必须，再走上来。

有只蜘蛛每天早晨都在大自然中某个合适的角落编织一张精美绝伦的网。在摄食了能引起幻觉的蘑菇汁液后（人们故意让它摄入），它织的网逐渐变得歪斜，线条不再连贯，消耗的吐丝量也更为可观了：一张疯狂的蛛网。有些部分下垂了，拳曲了，基吉拉·诺塔塔——这是它的名字——想要一鼓作气编织出往常的规模，却无力执行自己的计划。这个计划可不是昨天刚产生的，而是存在了数千年、数万年，精确无误地从母亲传给女儿。可现在，它的编织出现了一些错误，一些反复，还留下了几处空洞，而如此细心的它，竟视若无睹。它像是昏了头，迷了眼，最后的几圈织得磕磕绊绊、毫无章法。一件坍塌的作品，失败的作品，一件富有人性的作品。此刻，蜘蛛与你如此相近。没有什么能比致幻剂更准确、更直接地表达错综复杂的紊乱。同病相怜，看看这蛛丝的废墟吧。而它，基吉拉，看见了什么？

永恒被短暂遮蔽，一如短暂被永恒遮蔽。两者并无差别，都在你的手掌之间。

冥想。也许你已经有所体验。某种药物帮了你一把。那就容易了，你被抛入其中，只需要停留在那儿，美妙的振动就会承托着你，让一切变得轻松，因为一旦吞下这些奇怪的药物，你就得到了一个隐形的假体，让你毫不费力地沉浸在冥想里，悬浮在超越自身的体验中。

现在，你要去体验另一种东西了，它彻底相反，不给你任何辅助、任何支撑，哪怕最微小的支撑也不复存在；在那里，你轻飘飘的，就像是，一片雪花……只要你没有变得臃肿，只要你没有自以为重要。那么，也许**无垠**一直就在那里，虚拟的**无穷**向四方扩张，清除了一切废墟。你将进入空间之外的**太空**。其他路径？好吧。但愿你能够坚持……

走向你的新生，你的旅程。

我梦见一些画面元素，梦见其他人在其他场景、其他时间和地点，尤其在不同的身体里……会做的梦。他们的基本画面——来自性情深处——回应着自身的渴望、需求、喜好（如果我能看得见的话……），充当着出口，因为这些画面会出现在不设防的暗夜，当生活中的种种困扰意外来袭，它们就突然清晰起来，混乱，潦草，大杂烩一般，猝不及防地同时到来——古怪与滑稽，前所未见地配合在一起，含糊不明，危机四伏——

···

而我，直接舔舐他们的梦境素材。

活着是一种选择，有很多次，数百次，但主要还是五到六次的"可能"，会导向截然不同的生活（或成功，或失败，或不值一提）。

当你选择了一种，即已放弃其他。

祭司的选择已经发生。

原罪就在那里，不在别处，如果原罪存在的话。

它提醒着你，它比一个父亲，一个超我，一个错误，都更执拗也更强硬地让你猛然看见，生活是个无用且荒诞的沟坑，我们在当中不会找到任何的意义。

以为自己存在，却不过是一个方向。在另一个视角里，他的生命是空无。

意识到自己不过是一个角色（在许多传记中被读到的角色），圣徒们感到沮丧。他们认为，是魔鬼得到上天的允许来惩罚他们的骄傲，让他们承受这样的痛苦。因此，他们需要令人发指的清醒。

另一种清醒则突然空缺。它们互不相容。

永不满足的基因，在所有人，在每个人的身上！

你也是，你可以是另一个样子，甚至可以是任何一种样子并且……接受它。

你让自己成为了什么样的人？

交流？你，也想要交流？交流什么？你的防护堤？——还是同样的错误。交流你们彼此的防护堤？

可怜的人啊，你与自己都尚未交心，又谈何与人交流。

来自躁动者星球的消息：脚上系着一根绳子，他们向月球飞去，系着一千根绳子，他们到达那里，他们成功登月，并且已经在想飞得更远，更远，远一千倍，一万倍，被永无止尽的新欲望牵引，飞向越来越广阔的太空。与此同时，一些巨大的星际物质也在不停地高速运转，它们离散、逃逸、吸引、平衡、入轨、演变、膨胀到极点，直到爆炸，直到向心爆炸，在角力中，忍受存在之苦，为了存在的存在，在亿万年中持续地存在，各种各样的恒星与星系，也因此存在。

但是为什么呢？为什么？

在卫星上自杀。

再次经过这个轨道的人，会听到奇怪的声音：在百万公里的无人宇宙，一个宇航员的鬼魂，带着无法平息的牵挂，永续不断地发送着最后的、无人明白的讯息。

在博物馆的玻璃橱窗里，有一只大狗昂首挺立。兽面沉静，眼神倨傲，气势超凡，不可驾驭。这样的狗若是出现在马路上，许多人都会绕道而行。

玻璃一角，简短的文字介绍告诉我们，这是在非洲赤道，这只大狗是一只狮子，狮子即王。

　　画师受命于威严的首领，却并没有竭力刻画栩栩如生之态，他既不追求，也不觉必要。符号已经足够。王，是令人不敢直视的。王权：倨傲的权利。

　　这样的目光后无来者，凭此足以推定它的年代。

　　狭窄的牧场里有一头牛和一匹马在吃草。它们的食物一样，场所一样，所依赖的主人一样，赶它们回家的牧童也一样。然而，牛和马并不"在一起"。它们在各自的角落吃草，互相不看一眼，慢慢地移动位置，绝不靠近对方，即使靠得近了，也像是没看到对方似的。

　　毫无往来——它们彼此不感兴趣——但也互不侵犯，没有纠葛，不带情绪。

一个男人从高空坠落。坠落的速度不断加快，快到没有任何办法可以刹住它。

留给他的时间，在静默中一点点消逝。

此刻，下坠，只有下坠。

下面的土地变得不再遥远，高低起落与明暗交错纷纷显现，这意味着地面切切实实地接近了，一种令人恐怖的接近……

身处高空时那种相对舒适的感觉消失了。

将来的事件开始进入现在的范畴。地面的细节越来越丰富，越来越密集……马上就要扑面而来。

此刻，它已经逼近了，也许十一秒，也许九秒，或者只要八秒。

地面，哦！它是多么急迫啊，地面，突如其来！……来与一个人会面，唯一的一个，因为在空中，在这个时刻，再没有别的人了，至少目力所及没有。上面不再有人向他射击。不需要，根本不需要了。士兵S闭上了眼，此刻，他已经看够了。从某种意义上说，从好几年前开始，他就已经在坠落，士兵S的坠落。

你越精于写作（如果你写作的话），就越难以实现那个纯粹、强烈、原始的欲望，它诉求的是：不留痕迹。

什么样的满足能比得上它呢？作家啊，你煞费苦心，却南辕北辙！

重要的时光，是静止的时光。停滞的指针，凝固的时间残片，才是你最真实的拥有，最真实的存在，你不占据它们，也不被它们占据，没有属性，也无法"交出"，无底的深井上无垠的地平线。

树影婆娑，比世间的男女更精致、更绰约、更柔软、更优雅、更无穷，也更宽慰人心。

恐惧、忧惧、忧虑、忧伤、温存、难以言表的情感，只要有一缕风，树木就能为之伴奏。

珍贵之物，真正珍贵之物，给予时未知未觉，得到时不需回报。

为什么交谈？为什么连续几个小时不停地交谈？人们回到熟悉的环境，与熟悉的人亲密交谈，是为了**忘掉世界**，过于遥远的**世界**，也是为了忘掉过于滞碍的内心，忘掉心中那一团无法理清的乱麻。

高贵的老虎，在它发现猎物的那一刻，就像生命中突然吹响了号角，这是运动，是狩猎，是冒险，是攀越，是命运，是解放，是火，是光。

在饥饿的鞭笞下，它一跃而起。

谁，敢与这样的瞬间相提并论？

谁，终其一生，有过哪怕十秒的老虎瞬间？

去吧，尽你所能，将失败进行到底，直至反胃。然后，魔法消失，剩下的——总会剩下点什么——就不再能伤害到你。这便是走出来的办法，如果你想走出来的话。如果你真的想要。穿透它。之前，你什么也无法确定，不论是通过沉思，还是通过批判。而之后，一切都不成问题。

你真的要登上这台阶吗？即使它通往的是绞架？

让自己置身于不如意的环境。没什么了不起的。
避开。永远不要待在完美的圈子里，如果你还想被激
励。宁在恼怒中困顿，莫在满足里沉湎。

一个每天都在下沉的人，不需要一艘远洋的邮轮
和一座漂浮的冰山，仍会沉没，无止尽地沉没。不需
要排演。
不是泰坦尼克号。也不是亚特兰蒂斯。没有伴
奏，没有情节。只有你在沉没。

为了摆脱不确定，他们列队游行，想象自己如同潮水，在人海中澎湃着，孩子的心。

你呢？

山依然展示着很久很久以前，它所经历的板块运动。

为此，你走近它，想在当下无惊无险地领略它昔日的伟大动作，欣赏它最后一次地壳上升戛然而止时，留下的非凡身姿。

层峦叠嶂，然而山霭苍苍，时常遮挡真容，不让你即刻如愿。

不同的时间，不同的山貌。

但伟大未改。此身常在。你能呼吸到它。

在沼泽地的上空，鸟儿不会放声歌唱。

但在小树林里，啁啾鸣啭！

有些人不死，只是因为怯懦。要结束呼吸，结束心脏没完没了的跳动，结束一切顽强的身体机能，需要付出极大的努力，而如此果决的意志，似乎只能来自另一个人，来自那种热爱生命，拥抱生活，而且希望活得尽可能长久的人。所以，改变个性乃是当务之急，摧毁怯懦，方能摧毁自己。

在你儿时最初的涂鸦里，你以自己的方式给人形添加手臂。它们从头部，从胸部，从各种部位长出来。上举的手臂，平举的手臂，手臂伸直，伸展，继续延伸，漫无目的地延伸，还有不知从哪儿冒出来应急的手臂，随传随到的手臂。

当时你已经知道，男人和女人，大人们的身体只会长出两只手臂。但这对你来说无关紧要。你随心所欲地添加手臂。你并不去清点它们。

在你更年幼的时候，你兴致盎然地重复着自己觉得好玩的事情；你不假思索地划出迂回的线条，漩涡一般，停不下来：在属于永恒的年纪，你享受当下，一遍又一遍地画圆圈，周而复始，不知疲倦。

浑然不知自己在画着太阳……

黑猩猩和你一样，一旦把粉笔交到它的手上，它就会立即沉浸到成年人所谓的"乱涂乱画"里。它同样对画圈圈不能自拔。一旦找到这件事，它就心无旁骛、无休无止地做下去。

谁会天真地认为，黑猩猩会画出一只公猩猩或者母猩猩？

知晓你的密码，尽可能缄口不言。远离那些狡猾的长耳朵。

世上最古老的传说里，都在不断强调保守秘密的高度重要性。泄露秘密的危险，你忘记了吗？在很多具备了初级智慧的人类社会中，都为青少年设有一种过渡仪式，其考验十分严酷。倘若他们能够在考验中抑制叫喊，则说明他们未来也能够保守秘密。如此，他们才可以进入成人的社会。非经此一役不可。哪个傻瓜会把秘密告诉一个不能克制自己的人呢？

还有什么能比病痛更庞大、更丰富、更隐密？

哪个领域会像它，无所不在，不间断地自我更新，从各个角落涌入无力防御的身体，播种病菌，扩散疾病？

但长远来看，这些可怕的疾病威胁并不会全都应验，一些疑病患者过剩的想象力不得不偃旗息鼓，真实的病症列举不出，难受的感觉倒比比皆是……怎么办呢？他们渴望展示不幸，操纵不幸，却又厌倦等待，于是他们索性迈向了别的领域，在那里，和另一种类型的烦躁症、焦虑症患者们一起，抱团自虐……对于迟疑不决者，这倒也算是个进步。

乡下的房间里，你看见一只老鼠在角落骚动。或许，那只是一块破布被风吹得微微颤动？时而像老鼠，时而像破布。

从未杀生过的人啊，你的额头开始冒汗，浑身不适，不由自主地恍惚起来，甚至感到眩晕。

你未被玷污的贞洁（指杀生这方面）受到了引诱，受到了冲击。危机重重呀，贞洁问题。

这个四处乱窜、不知廉耻、目无人类的小畜生，正弓着它瘦弱的脊椎骨，啊！只要朝它的背部猛击一棍，就能结束这条令人讨厌的、见不得光的生命。

你内心的纠结愈演愈烈，已然膨胀到一场战争的规模！就为了这么一只老鼠！实在是优柔寡断。去吧，动手吧，不过是一只老鼠，不会叫得太大声。但问题依然存在：贞洁，应该被克服，还是被保留？快决定，老鼠可不等人……啊，它溜走了。

它，也刚刚经历了千钧一发的历险。作为行动的个体，它敏捷地解决了问题。

　　每个人都在别人的身上观察到根深蒂固的错误观念。

　　明明错误百出，怎么他们就浑然不觉？这是个麻烦。为什么他们和你的看法会不一样？**观念**从来不接受异议。没用的——经验证明——试图纠正它们是没用的。除非把它们连根拔起。

　　要是你也"沾染"了——眼前的，或者周遭的——错误观念，或者其他同类型的……

　　不，不用担心。只要你守住阵地，就完全没有机会吸收他们的糟糕观念。基于同样的原因，你也不会有机会吸收他们可能拥有的某些出色观念（同一类型）。它们无法在你的土壤中生存。那用什么来替代不足的母根系呢？你得时不时地翻动你的土壤。否则，它会逐渐萎缩，甚至衰竭。

烦恼，是丧心病狂的咬噬。

啊，但愿你能看见它们舞动的巨型装置，而不是它们运载的客体，客体或者主体，令人恶心、难受、恼火，你却无法逃避。

当它运转起来的时候是多么惊人！烦恼横跨一切。原本牢不可破的状态在一瞬间就被冲击、挪腾、扭曲、挤压，又在下一个瞬间被无限拉伸，朝一个方向，或往四面八方，没有重量，没有尽头。与此同时，它让一切都相互碰撞、对立、颠倒、分散、失衡，它让人放弃原本最牢固也最自然地把握着的东西：时间的生命。

取而代之的，是折磨人的烦恼客体。

重复不停，却毫无体系，毫无章法。截然相反。

近似于抑制不住的鬼脸、抽搐，无缘无故地重现，但由内而发，异常快速，无需调动任何一块肌肉或一组肌肉群。总之，它们无从比拟。

忧虑的客体，不像那些抽搐，无肢体的动作，近乎抽象的烦扰，不是简单的肌肉锻炼就能缓解，它们执拗、荒谬，超乎逻辑或者毫无逻辑。

骚动已注入系统。不稳定性——你无法回应它的要求，你不愿做出决定。

一组组画面飞速地掠过，你想要放慢，却无法放慢，地狱列车上的胡思乱想。

　　如果找到了解决的办法，这一整个马戏团会像被施了魔法，在刹那间灰飞烟灭，那就再也没有什么可以观察了。

　　但你没有下定决心去做出决定……

　　而时间流逝。一天天，一夜夜。

只有当烦恼的客体是最低贱、最平庸、最世俗的事物，而不是被某种更高贵的情结所左右的时候，你才能够自在地追踪它们。

否则，倘若烦恼是爱或崇高，你就只能看到爱与崇高，而无法观察烦恼。企图观察酷刑的装置，这个念头本身就是一种冒犯。你会感到压力，在压力下左右摇摆。

搭脚手架，拆脚手架，徒劳无功的来回，无处不在的刮擦……无效的组装和重复的拆卸，荒诞地持续着，不可预料；偶尔出现正常思维的片刻清醒，奏出一小段流畅有序的"级进滑音"，替代沉顿的机械声响。但这并不是结束。

而后就是了，不知是找到了办法，还是放弃了挣扎。总之，所有东西都理顺了，流畅了，机械装置解体了，消失了，多余的运动停止了……也被忘记了（真奇怪，竟这么快），而你也很难再看到这样的大场面了，除非其他可能的烦恼出现，但它们更乐意附着在自己的常客身上，忠实地啮食。

一旦被这些隐形的抽搐咬住，人生就不可能再由别的东西构成。

很难用新的东西取代它们的位置。替换是件困难的事：它们已经与周遭环境纠缠多年，舒适、熟稔。

解开的难度，比连结的难度更大；情感的缠绕更长久。怎么办？

不同类型的意外事故不时出现，冲撞，加速，使呼吸急促。

如果混乱一直持续，就去观察思想的阻截有多么激烈。你所处的十字路口，正适合研究这个有趣的现象。

当你想到你的想法是由别人而不是由你自己想到的，你要么解脱——这很罕见，非常罕见——要么惊慌失措，你无法摆脱耻辱的、险恶的精神控制，这时候，严重的并发症威胁着你，它来自那些观察你的人。

别让他们起疑。就像他们会做的那样，你会采取措施，也如他们所说，是精心设计的措施。

如果你终于睡着了，那是因为你已经受够了电视节目，现实的展示，你已经厌倦。

关掉这块无聊而又刺眼的屏幕。进入黑暗中，你知道怎么摆脱它，你停下它，一切就都停下来，遁入让人放心的无动于衷。其实，第二天当你醒来时，那些荒唐事与昨夜别无二致，只是当时你无法再忍受那些碎片，规整或残破，所有那些以现实形式出现的幻象，而此时，你多多少少能接受了，能心平气和地再见它们，面对新一日的上演。

但其实，每一天的晚上你都只想离开，远离这日复一日的单调与不满，难道不是吗？这才是你的渴望。

简而言之，睡眠是你所有的失望中，最恒定的那一个。

　　蛙的心脏，看哪，它被剥离出身体，装进注有某种液体的玻璃试管中，却仍然在跳动着，持续好几天，甚至更久。更令人惊叹的是，从原本的胸腔中摘除出来后，看哪，所有的联结都被切断了，这颗心脏却始终在强有力地跳动着，盲目而徒劳地履行着自己的职责，毫不懈怠，从不犹豫，一次不落地跳动着，跳动着，为它不复存在的主人跳动着，如潮汐般规律，仿佛仍然跳动在一只普通的两栖类动物体内，与动脉和静脉相连，每一秒都在输出血液、红血球和白血球……如此种种。从胚胎起，从受精卵起，它就开始了，它就启动了，它是血液循环的发动机。

　　需要像它这般倔强的家伙，才能在这么多的水潭池沼中，让青蛙们纷纷跳跃起来，无论它们愿意与否，再懒怠的青蛙也得和大家一样，被驱动着，跟随不知疲倦的领头者，被判向前，被判迈向未来，生命的奥秘。

人在旅途的 N，刚刚降落纽约。

这是个梦，但他并不知情。

他独自一人，忙着爬山。

他要去的地方是一家旅馆，豪华大旅馆，坐落在一座山的山顶。一座山，在纽约！N 知道，纽约可没有山！但他并不觉得矛盾。马路向上延伸，坡度大得惊人，有时简直就是近乎垂直的岩壁。

上坡变成了攀爬，不过 N 并不太为此困扰。

但在快要抵达的时候，他被拦住了。

母亲！她在这里！

他早就忘了她，母亲。她找到了他……她半路杀出，就在他跟前，燃烧着怒火，积攒了一辈子的愤怒与厌恶。她紧盯着他，他被这猝不及防的凝视慑住，不敢动弹。魔鬼般的狂怒紧紧掐住他，让他无处可逃。她的怒火越烧越旺，从她的面孔，从她黯淡的灰色小眼睛，从她苍白的皮肤喷薄而出——没错，这就是她，尽管他从没见过这样的她，充满仇恨的她，她一辈子都未曾表现得如此真实；如此怪异。

这股激情瞬间冲上顶点，她满心狂喜：这么多年了，终于不用再压抑自己，终于来到了她仇恨的对象面前，掐住他不设防的喉咙。

为什么不设防？到底为什么？

N及时醒来了，余悸未消。但他开始回味。

这个梦，因何而起？梦里有人怒不可遏。

....

他再度睡着。梦又来了，还是在纽约。而她也再次出现，在这个城市里找到他，执意给他带来厄运。"在这儿！"她冲身旁慢了几步的父亲喊道。

面对"猎物"，她整个人都变了形，仇恨积满胸腔，意念推动着她向前，肢体还未摆好阵仗，人已经扑了上去，面孔在狂飙的怒火中愈发狰狞，她马上就要向他发起决胜的一击，就在这时……他醒了。

够了。他让房间里的灯亮着。这个梦令他惊惧。他从来没有和他们一起旅行过，除了在儿时，但那也是极少的。他已经很久很久没见过他们。他和他们之间没什么可说的。从来就没什么可说的。况且，他们俩都已经死了四十年或五十年了，他们居住的国度，他从来没有回去过。关于他们的梦，他也从来没做过。在他生活的地方，没有任何东西会让他想起他们。

……他仔细想了想，如果他们还在人世，最近是有这么一件事，可能会激怒他们，那就是他的成功，在他们眼中他显然不配获得这样的成功，如果他们听说了这件事，肯定会受到刺激，勃然大怒。（啊是的……就是这个"攀爬"！）

这不该属于他，这个懒惰、顽劣、只会给他们带来无尽麻烦和耻辱的家伙，却"成功"了?！他不配登上顶峰。这不该发生。母亲——特别是母亲——**她**从棺材板里爬出来，要在最后一刻挡住他的道。

……想起来了。

手是动物界不可思议的存在，作为表达爱与温存的工具，它给予的抚摸无与伦比。

动物们接受了（来自手的）爱抚，就再也回不到从前了，惟有猫科动物，还能及时返回冒险的生活。

其他动物则会沉溺于这种宠爱中无法自拔。一旦习惯，它们就再也戒不掉了。没有爱抚的生活令它们无法忍受。不可替代的手啊。

这种抚摸，这种独一无二的能力（而猴子、海狸和其他小型啮齿动物的手是硬冷、粗糙、不讨喜、没感情的），让生性好斗、急功近利又精打细算的人类，竟有了某种宿命般的爱与温柔……如果没人阻止的话，小孩子甚至会去抚摸狼，抚摸豹。这种独特性，与他们的其他癖性矛盾地交织着，所以尽管心存善意，有时甚至是极大的善意，人类终归是毫无逻辑可言的——不管是群体还是个人——始终是不稳定、不可长久信赖的。

手上的温柔，多过心中的温柔；心中的温柔，多过行为中的温柔。

是手，让他们成为魔术师、淘金者、研究员、工匠、工人、杀人犯……和演奏家，正是它，让人类如此自相矛盾……且天差地别。

所以呢？如果它真的是基础，那就应该回到基础，这就足够了，不是锻炼手指，也不是摆出"**手印**"①。它被过度地要求物尽其用。

去找到"它"的动作，它渴望的动作，这些动作将重塑你。手的舞蹈。观察它们带来的影响，当下的和未来的。这至关重要，尤其对于从来都不曾拥有手部动作的你。你需要的正是这个，而不是你从外部世界、从词山字海中徒劳寻找的那些东西。无限地返回到手上来吧。

---

① 手印（Mudras）：印度教及佛教文化中具有象征意义的特定手势。

我们知道世界上有许多乐器。

我们不知道有什么乐器的声音是可怕的，在任何时代，哪怕最黑暗的时代。

人类的生活可能荒蛮、粗暴、残酷无情。在某些社会里，有人会因为一起普通的盗窃就遭到砍手的惩罚：偷了一块饼，手就要被砍断……一经判决，立即执行。但无论是偷盗者、被盗者、证人还是法官，所有人，都喜欢倾听和谐的器乐声。他们别无他求。他们只要乐器发出美妙的声音。

"五音即成乐，令灵魂飞升。"一位阿拉伯智者这样谈论一段简单的旋律，它朴质无华，或许只是牧羊人在乡间吹奏的一段长笛。在世界上的任何乡间，人们使用的乐器本身，无论是石头、木板或簧片，还是用动物肠线做成的弦，植物茎干做的管，它都必定是和谐的；只要它能发出一个音，它就以自己的方式，成为乐器。

乐音沁人心脾，让荒地变田园。

为什么？为什么没有听起来可怕的乐器？

或许，声音本身就提供了模型。一根简单的振动弦所发出的乐音，能够平稳地铺开，持续地延展。它在谐波中继续存在，作为一种自然的构造，占据空间。第一座桥，精微至极，横跨空气，一座无形的、隐秘的桥。

良好行为的教导。人类仅有的、无风险的嗜好之一，来自一根会振动的弦，一支能吹奏的管。

人的身上也有一根会振动的弦，甚至是一对弦。
他主要用它来说话；孩提时，用来哭喊。而唱歌时，他调整嗓音，倾吐情感。

鸟类，大多数的鸟类都节制地使用自己的发声功能，简洁地呼朋引伴或是短促地释放讯息，时刻为逃生做好准备。讯号并不执着，只是轻轻掠过稀树草原或林中空地。讯号只发送给小小的一片天空。

猛禽通常都不耽于音乐。

而人类呢，充满自信的人类，很快就在圆融、舒展、繁复、精巧（真是无与伦比的熨帖）的各种声音中放松自我，陶醉其间。在音乐厅里，空间受限，音量增强，所有的乐器严阵以待，城市"文明人"的管弦乐响彻大厅。

长久以来，音乐都与诗歌相近。

一支芦笛就够了。当气息靠近它，穿过它，乡愁就流淌而出。听到的人一下子就觉得，"它"所诉说的乡愁，正是他的乡愁……尽管这乡愁更优美——无论是牧羊人、流浪汉，还是王子或公主，无人不为之迷醉。空间创造了它，它还原了空间。

评论家会检索一本书中最常见的单词并且统计它们!

去做相反的事吧，去寻找作者避开的词，寻找他非常接近的词，果断远离的词，形同陌路的词，寻找别人会随意使用，而他却谨慎对待的词。

有些文明就像大摆宴席，毫无顾忌地铺陈自己的感受。而另一些文明，在这方面和许多方面都更懂得节制，真让人松了口气!

要去教导它们吗?

在类人猿中，有一些从幼年起就接受指称教育，指称是无声但可效仿的，它们被训练重复并识别键盘或墙上的符号，当人们教会它们一定的数量之后，就由它们自己来构造。一只年轻的黑猩猩可以自发地用鸟和水这两个符号来表示它刚刚看见的一只鸭子。它也能创建符号了!

到目前为止，即便是受训最多的年轻黑猩猩，专注于命名游戏和记忆游戏的时间，每天也不会超过半个小时。

我们还看不出它们对于字典的兴趣——会有供他们使用的字典——还会有一些黑猩猩教师和教导主任。它们会和人类教师一样可靠吗？

为了只在彼此之间实现理解，一些语言被创造出来。还有无数的方言。小阵营的语言，反语言，对立的语言。土话对语言。

把语言变得丑一些，变得更"同伙"，更土味。

一个村庄名叫：格拉斯海德（Grassheide）。当地居民则乐于把它念作格撒（Geshâ），把自己称为格撒人。一个浓重的、短促的、充满情绪的"撒"，道尽了它困苦、卑微的命运。极其细微的差别，但对于有心的耳朵，却意味深长。

人们不会为了区区几公顷的土地去改掉这个发音；这个发音就像是他们征收的税，这个赤贫、泥泞、凄凉、散发着粪肥味道的可怜小村庄对语言征收的税。

通过变形的、加粗的发音，他们蛮不讲理、肆无忌惮地在人、地点和事物上都盖上他们的标记，就像印度人通过梵语标记了冥想、宗教、伟大、广袤、骄傲和宁静，标记了从虱子到毗湿奴的所有命名。

一些语言形成、脱离。语言过美则危险。人类也需要平庸、需要随意，需要轻松。

无处不在的土话，更能适应粗陋的现实，因为它们更不修边幅，更生龙活虎，更下里巴人。

缓慢而无声，语言的战争。它正卷土重来。

我们见过很多贫穷的人类群体，但我们没见过贫穷的语言。每一种语言都有成千上万的词汇，其中充满出人意料的精微。语言的仓廪如此丰足，可它的人民却敝衣粝食、家徒四壁，往往只握有寥寥几件平庸的工具，并不会去寻求更多。

搜寻的凭证：字典，全方位冷静回答人类社会永无止尽的好奇。坐守原地、一视同仁、兢兢业业，字典的特征。

战争，曾经存在；无处不在，时常发生，造成破坏。而字典一直在变厚。细节吸引着人类，这种吸引力从未停止。字典聚集了细节——储量日增，罗纳百科。

人们需要虚妄的观念；宏大的虚妄观念令人兴奋，正中下怀。

真实与幻象之间的差距越巨大，越能激起渴望，它就越受欢迎。

鉴于观念、教义的空想性质（倘若它不是虚妄的、纯理论或神化的，那它将是多么好用、多么出色、多么令人满意且有益身心啊），它必然高歌猛进……信徒们会蜂拥而至，热血沸腾地献出理智、自由、生命。

每个时代都有其所向披靡的信仰，大规模的思想运动，屡见不鲜。

对很多人来说，他们早就迫不及待地等待迎接下一场浪潮的洗礼。终于它来了，循环重启。

当一个外部的观念抵达你，无论它的声势如何，你都要问自己：在它背后存在着、生活过的身体，是什么样的？

它将用什么来填充我？

又会从我这里移除什么？

在你的一生中，要怀疑你的怀疑，也要学会认识你的蔽障。

返回消隐
返回未明

不再有目标
不再有名称

无行动
无选择
归于瞬间
无声的瀑布
下沉的小岛
紧密的人群
脱离周围的人群

住进瞬间，另一个世界

离自己

离心脏

离呼吸那么近

永恒的消陨从未停歇

平等的列车驶向毁灭

过路人

定期被超越

定期被替换

去而不返

过而不聚

朴质

纯粹

一个一个走下生命的绳索

路过……